FAIBLESSES

D'UNE

JOLIE FEMME.

Tom. 2.

Lorsque nous fûmes lassés de le fustiger, nous le forçâmes de nous demander humblement pardon.

FAIBLESSES
D'UNE
JOLIE FEMME,
OU
MÉMOIRES
DE MADAME
DE VILEFRANC,
ÉCRITS PAR ELLE-MÊME;

CONTENANT un grand nombre de portraits, dont il sera encore facile de trouver les originaux.

MIS AU JOUR PAR P.-J.-B.-NOUGARET,

AVEC FIGURES.

TOME SECOND.

A PARIS,

CHEZ l'Auteur, rue des Petits-Augustins, n°. 9, vis-à-vis celle des Marais, F.G.; et DESENNE, Palais-Egalité, n°. 1 et 2.

AN VII.

FAIBLESSES
D'UNE
JOLIE FEMME.

SAINFORT devait venir chez madame Balin le lendemain ; je m'y trouvai ; il me fit les tracasseries les plus vives, et m'assura qu'il était désespéré de m'avoir donné de l'humeur ; mais qu'à quelque prix que ce fût, il voulait réparer ses torts inexcusables. C'était là où je l'attendais : je lui répondis d'un air assez tendre, que l'aveu qu'il m'avait fait d'être trop étourdi, m'effrayait ; qu'après toutes mes bontés pour lui, il ne devait pas douter de ma tendresse ; mais enfin, que je me voyais obligé de rompre tout-à-fait avec un homme sur la discrétion duquel je ne pouvais pas me reposer un instant. Le fat s'imaginant que je l'adorais, daigna à peine se défendre, et me demanda quand je voulais lui permettre de venir me faire oublier ses incartades et en obtenir le pardon. « — Si vous vouliez me promettre, lui dis-je à voix basse, d'être sage, on pourrait vous proposer pour jeudi un petit souper tête-à-tête. — Je suis pénétré de l'excès de votre bonté, et je fais vœu de m'en rendre digne. — Eh bien donc, à jeudi, cher chevalier. » Il me baisa la main pour me témoigner toute sa reconnaissance, et me quitta en me promettant une discrétion et une fidélité à toute épreuve. Je triomphais de le voir ainsi donner tête baissée dans le piége.

Quoique ce petit traité se fût conclu chez madame Balin, personne n'en avait été témoin, parceque les parties de jeu étaient fort animées, et que le chevalier et moi étions restés seuls auprès du feu. Lorsque tout le monde fut retiré, j'instruisis madame Balin de ce que j'avais fait; et voici comment nous nous arrangeâmes.

Elle se chargea de rassembler les conjurées et de les amener chez moi le jeudi convenu, sur les onze heures du soir; et de mon côté je lui promis de donner des ordres pour qu'elles fussent introduites secrètement et sans bruit dans un sallon au rez-de-chaussée.

Le jour de la vengeance étant arrivé, je fis mettre le couvert dans ma chambre à coucher, qui était au premier étage, en sorte que je ne craignais pas que Sainfort se doutât de la moindre chose.

Un bon génie présidait sans doute à notre entreprise, qui eut plus de succès que je n'osais m'en promettre, malgré tous mes soins. Sainfort se rendit chez moi à quatre heures ; il me conduisit à l'opéra, sans se douter que l'issue de cette partie ne lui serait pas aussi favorable que celle de la première. Nous rentrâmes au logis sur les dix heures. A peine fûmes-nous de retour, qu'il s'obstina à vouloir obtenir ce que je n'avais pas dessein de lui accorder. Je ne pus me défendre de ses importunités qu'en lui représentant qu'on pourrait nous surprendre ; au-lieu qu'en différant ses plaisirs, il ne les rendrait que plus délicieux. « Dès aujourd'hui, ajoutai-je, vous passerez la nuit ici ; je me suis arrangée de façon que mes domestiques même ignoreront notre intelligence. » Mes raisons furent trouvées excellentes, et nous soupâmes assez paisiblement. Vers les dix heures et demie, un signal de ma femme-de chambre m'annonça que les conjurées étaient prêtes. Alors je proposai à mon Adonis de quitter la table et de nous mettre au lit ; le fat ne se fit nullement prier. Il ne pouvait pas mieux s'y prendre pour l'exécution de notre projet.

J'étais convenue avec madame Balin que je me mettrais au lit, et que je sonnerais aussi-tôt, afin de pouvoir le livrer sûrement entre les mains de l'inquisition femelle. Mais, comme je pensai bien qu'il se défendrait de toutes ses forces, il me vint la meilleure idée du monde, dont je tirai parti sur-le-champ. « Chevalier, lui dis-je, l'espiéglerie que vous avez faite à madame Balin ne m'est pas inconnue ; je crains trop que vous ne me fassiez quelque tour semblable, pour ne pas me précautionner contre vous ; ainsi je veux vous lier les pieds et les mains, afin que vous ne puissiez vous lever que quand il me plaira d'y consentir. — Les pieds et les mains !.... Mais vous n'y pensez pas, je ne pourrai plus remuer. — Ne vous inquiétez pas, c'est mon affaire.

— Vous riez sans doute ; quel parti tireriez-vous d'un homme qui aurait pieds et mains liés ! — Ne soyez pas en peine, vous dis-je ; obéissez. — A la bonne-heure . . . Mais vous verrez que vous serez obligée . . . — Bon, voilà qui est fait. . . . Vous ne pouvez plus remuer n'est-ce pas ? — Non, sur mon honneur. — Eh bien, je vais vous faire venir bonne compagnie. » En même-tems je tirai la sonnette, et le chevalier ouvrant de grands yeux, ne savait trop ce que tout cela signifiait.

Quelle fut sa surprise de voir entrer tout-à-coup sept femmes armées chacune d'une longue poignée de verges. Il jeta un cri perçant quand il les sentit toutes fondre sur lui. Mais ce fut bien autre chose quand elles s'apperçurent qu'il était lié de manière à ne pouvoir se défendre. De grands éclats de rire interrompirent la correction. Je leur contai en peu de mots, comment je m'y étais pris pour enchainer cet infidèle; et les ris recommencèrent, ainsi que les coups de verges. Le pauvre diable avait beau jurer, crier, pester, les coups tombaient sur lui comme la grêle; Madame Balin sur-tout fit des merveilles. Lorsque nous fûmes lasses de le fustiger, nous le forçâmes de nous demander très-humblement pardon, et il se vit obligé de répéter mot à mot cette formule humiliante que je voulus absolument lui dicter: « Mesdames, je conviens que je suis un fat, et que j'ai bien mérité la correction que vous avez eu la complaisance de me donner. Je vous promets d'être beaucoup plus circonspect à l'avenir, et de ne pas plus me vanter des faveurs que j'ai reçues, que de la punition qui vient de m'être infligée. »

« Mesdames, s'écria madame Durval, il va sans doute publier sur notre compte mille faussetés et mille impertinences; tandis que nous le tenons si bien, délions lui seulement une main, et faisons-lui signer l'aveu d'avoir été très amplement fustigé, avec une soumission de l'être encore, s'il lui échappe le moindre propos équivoque; car je vous avoue que je ne compte pas trop sur sa parole. » — L'avis fut adopté et nous prîmes tant de précautions, que son bras droit délié était tenu à six. Le malheureux Sainfort, la rage dans le coeur et la fureur dans les yeux, nous honora d'épithètes assez énergiques, et nous menaça, avec des sermens horribles, de nous étrangler toutes, et de se tuer lui-même si nous le forçions de signer un pareil écrit. La colère dont il était saisi fit craindre les suites de notre violence; nous nous contentâmes de lui proposer de signer une obligation conçue en ces termes: « Je donne ma parole d'honneur de ne jamais tirer la moindre vengeance de qui que ce soit, et principalement de mesdames de Vilfranc, Balin, Durval, Grandpré, de Rennevil, à cause de la petite plaisanterie qu'elles m'ont faite; et je consens d'être déshonoré si je manque à cet engagement. Fait sur le champ de bataille, ce . . . . »

L'aspect effrayant de huit poignées de verges prêtes à tomber de nouveau sur lui, le fit trembler; encore fîmes-nous valoir beaucoup la complaisance d'avoir passé sous silence, dans ce billet, les termes de *correction.* Le billet signé, il fut question de le mettre en liberté. Je commençai par enlever son épée, et tout ce dont il aurait pu se venger sur-le-champ, et je le prévins de s'habiller et de sortir tranquillement, s'il ne voulait pas mesurer la hauteur de mes fenêtres. Je sonnai mes domestiques, à qui je donnai ordre de le délier et de le conduire à la porte, quand il serait habillé, et je lui promis de renvoyer, chez lui, le lendemain, les armes dont je m'étais saisie.

Nous descendîmes au salon ; un domestique vint peu de tems après nous dire qu'il était sorti sans avoir prononcé un seul mot. Une partie de la nuit fut employée à souper et à rire, et chacune des conjurées fort satisfaite de l'aventure, regagna son logis, en s'applaudissant d'être parvenue à corriger un indiscret et un fat.

Il n'était guère possible que cette aventure dont mes domestiques furent instruits, demeurât secrète ; aussi dès le lendemain elle fut l'histoire du jour ; on publiait partout l'adresse, la force, la valeur des actrices et la honte de l'acteur. Le pauvre Sainfort, après avoir été si cruellement fustigé, fut tant badiné, tant persiflé, qu'il jugea à propos de regagner son régiment sans

sans faire ses adieux. Malheureusement pour lui, la renommée le suivit de près, et il y fut berné de plus belle.

L'expédition me fit un honneur infini dans la république de la coquetterie ; on me citait de tous côtés ; les femmes mêmes s'épuisaient en éloges sur mon compte, et les petits-maîtres brûlaient d'envie de connaître cette femme qui savait si bien châtier l'indiscrétion de leurs pareils.

Quelque doux que me fût le plaisir de la vengeance, je ne pouvais me dissimuler qu'elle était le prix du déshonneur, et que j'allais être connue et citée pour une femme galante. Cette réflexion acheva ce que la société de madame Balin avait commencé, c'est-à-dire qu'elle me détermina à lever le masque et à me montrer au grand jour. Jalouse de voir qu'elle recevait chez elle une compagnie très-brillante, j'en voulus faire autant; je donnai à jouer. Aussi-tôt je vis arriver en foule chez moi tous les importans d'épée, de finance, de robe et d'église. Ce genre de vie est d'autant plus agréable qu'il laisse peu d'accès à l'ennui ; les connaissances et les parties de plaisir s'accroissent, se multiplient et varient tous les jours ; et le produit certain, quoique peu apparent, des cartes, pour toute personne qui donne à jouer, dédommage amplement des dépenses qu'on est obligé de faire. D'ailleurs les femmes ont toujours le droit de tricher au jeu.

Ce commerce qui réunissait le double avantage d'être lucratif et amusant, dura assez long-tems: dans cet intervalle, le marquis de Fleurson trouva le chemin de mon coeur. Peut-être lui accordai-je la préférence à cause de son esprit malin et satirique, il n'épargnait personne : malheur à qui tombait sous sa main ; il avait le talent agréable et dangereux de donner un tour ridicule aux démarches, aux expressions les plus indifférentes. Cette tournure d'esprit prend assez bien auprès d'une jolie femme, parce qu'elle ne pense pas que dans un autre cercle elle devient à son tour l'objet de la raillerie. Je savais par le marquis l'histoire scandaleuse de toutes les femmes de notre société. J'appris que la prude Dupuis recevait cinquante louis par mois du duc de . . , mais qu'elle en rendait vingt à son mari pour entretenir la paix dans le ménage. Il me conta aussi avec légereté que la vieille Saintard plaidait en séparation contre son époux, parce qu'il avait eu l'indécence de donner des coups de canne au beau Gusman qu'il avait pris sur le fait ; non que Saintard fut jaloux, sa femme étant vieille, mais parce qu'elle se ruinait pour ce jeune Adonis. Enfin le marquis de Fleurson m'apprenait tous les jours mille histoires pareilles qui m'amusaient singulièrement.

Quelques affaires de famille l'appelèrent en province, et rompirent notre commerce, qui d'ailleurs était si simple, si uni, que c'était plutôt un passe-tems, qu'une intrigue amoureuse.

Un cousin du marquis de Fleurson, beaucoup plus bel homme que lui, et qui n'avait pas moins d'esprit, mais aussi sérieux que l'autre était enjoué, et tout-à-fait tourné vers la philosophie, trouva auprès de moi l'écueil de son indifférence. Il me dit un jour d'un air assez froid, et sans que ce propos fût amené par rien qui y eut rapport, que si je n'avais pas d'attachement décidé, et que le coeur d'un homme qui n'avait encore aimé aucune femme, pût me convenir, il était déterminé à m'offrir l'hommage du sien. La singularité d'une pareille déclaration me fit rire, en même-tems qu'elle piqua ma curiosité. Je lui répondis que je me ferais scrupule de troubler l'indifférence de son coeur, qu'il avait conservé pendant quarante ans. « Eh ! que vous importe, madame, le crime sera de mon côté, puisque c'est moi qui fais les avances. Mais enfin, puisqu'il est écrit qu'avant de mourir il faut faire une folie, je préfère celle-ci à toute autre ; votre beauté sera mon excuse. — Vous croyez donc, monsieur, que ce serait une folie ? — Je l'ignore, madame ; c'est le dénouement qui me le prouvera. Mais quoi qu'il en soit, soyez sûre que je saurai aussi bien aimer, que si j'en étais à la centième épreuve.

Je ne lui répondis ni oui ni non, afin de voir le parti qu'il prendrait. Dès le lendemain, il vint me faire sa cour à ma toilette, et hasarda même des libertés auxquelles je m'oposai d'abord, et que je lui permis peu à-peu, sans paraitre y faire attention. N'osant se rendre plus téméraire, il me quitta d'un air satisfait, et vint régulièrement me voir tous les matins. Cet homme gagnait à être connu; aussitôt qu'un peu d'intimité le rendait moins sérieux, il devenait intéressant et fort aimable. Enfin, après un mois de soupirs et d'assiduités, il saisit une occasion favorable, et fut heureux.

Je me serais accoutumée à l'aimer sincèrement, s'il avait voulu se conformer à mon humeur, et se contenter du titre d'ami. Mais il voulut prendre les airs maussades d'un mari, et devenir jaloux. Je lui en fis des reproches. Il prétendit introduire de la réforme dans ma parure, dans mes dépenses et dans ma manière de vivre. Je me fâchai ; il devint grondeur et despotique ; je le congédiai. Il me fournit l'occasion d'observer que les amans qui paraissent d'abord les plus humbles et les plus soumis, ne le sont pas long-tems, quand ils croient s'être acquis des titres pour parler en maîtres.

Je redevins donc libre, et je formai la résolution de l'être long-tems encore, et de ne plus m'engager si légèrement. L'état d'une femme coquette me parut avoir plus de charmes que celui d'uue femme galante. Entretenir autour de soi une foule de soupirans, sans faire un seul heureux ; leur donner à tous beaucoup d'espérance ; se comporter au milieu d'eux de manière à faire croire à chacun séparément qu'il est le seul aimé ; ne donner sujet de plainte à personne, et les éconduire tous : c'est là le grand art d'une coquette. J'entrepris d'y exceller : mes premiers succès faisaient l'éloge de mes dispositions naturelles, et me promettaient une place distinguée parmi les célèbres coquettes, si je n'eusse pas été dérangée dans mes projets par l'aventure suivante.

Un jeune homme nommé Delisle, que l'espérance avait rangé sous mes lois, et qui venait tous les jours faire sa partie chez moi, arriva un jour trop tard : toutes les tables de jeu étant complètes, il prit une chaise derrière la mienne, et paria plusieurs fois pour moi. La chance nous fut extrêmement heureuse; nous gagnâmes beaucoup; le marquis de Fieuville était un des perdans. Cet homme m'aimait et me persécutait depuis long-tems, mais envain, parce que toute sa personne me déplaisait. Un homme qui aime sans être aimé, s'imagine toujours avoir un rival heureux; il crut le découvrir dans le jeune Delisle. Le lendemain je reçus de lui cette lettre :

« Vous auriez bien dû, madame, m'avertir que vous étiez engagée avec un autre; c'était le moyen le plus honnête de vous délivrer de mes importunités Mais, malgré votre silence, vos yeux m'ont appris ce que vous vouliez me cacher avec tant de soin. Comme je ne suis pas un homme qu'on amuse, vous aurez, s'il vous plaît, la complaisance de vous expliquer clairement dès ce soir. »

Cette lettre me surprit ; mais ne m'effraya pas : je regardai ses expressions comme l'effet d'un dépit amoureux ; dépit d'ailleurs très-mal fondé, puisque je n'avais rien de plus particulier avec le jeune Delisle, qu'avec tous ses autres rivaux. Cependant je lui fis cette réponse :

« Je ne vous défends pas ma maison, monsieur, dans la persuasion où je suis que vous vous êtes trompé d'adresse en écrivant le billet que je viens de recevoir, et qui ne me regarde sûrement pas. Que cette méprise vous donne à l'avenir un peu plus de circonspection. »

Je chargeai son domestique de

ce billet, et je me félicitai de lui avoir donné ce moyen pour hâter sa justification. Il vint le soir à son heure ordinaire, entra brusquement, mesura des yeux toute l'assemblée, et s'adressant à moi hautement, « — Madame, me dit-il, vous avez sans doute fait dire à monsieur Delisle de ne pas se trouver ici aujourd'hui, afin d'éluder l'explication que j'ai eu l'honneur de vous demander; mais qu'importe? quoiqu'il soit absent, vous pouvez toujours me déclarer comment vous êtes avec lui. » Cette apostrophe injurieuse jeta toute l'assemblée dans un grand étonnement; je pris assez sur moi pour lui répondre avec modération: « — Monsieur, lui dis je, quoique je ne dusse pas m'attendre à de pareils propos chez moi,

moi, je ne suis point étonnée de vous les entedre tenir ; la jalousie est altière et injuste ; ainsi je ne suis nullement offensée de vos soupçons : sachez que si j'étais avec monsieur Delisle de la manière que vous le prétendez, je n'aurais aucun compte à vous rendre. Il vous sied bien de jouer le rôle de mari jaloux, quand vous n'êtes pas même mon amant ! Soyez sûr que vous n'aurez jamais aucun droit de trouver à redire à mes actions ; et que, pour votre tranquillité et la mienne, le meilleur parti que vous ayez à prendre, c'est de ne plus m'honorer de vos visites. »

Loin de cherch r, à m'adoucir, le marquis devint furieux. Un de ses amis, qui se trouva présent, lui fit des reproches de sa brusquerie, et m'adressa en son nom toutes sortes d'excuses, en me disant, que je devais presque lui savoir gré de cette incartade, puisqu'elle prouvait que l'amour que j'inspirais était si violent, qu'il faisait tourner la tête.

Malgré l'adoucissement que devait naturellement apporter à une jalousie déraisonnable, la conduite honnête et descente de son ami, l'humeur intraitable du marquis de la Fieuville continua de se développer, il renversa sa chaise en se levant avec colère, me lança des regards terribles, et s'éloigna en jurant entre ses dents.

Quand cet homme fougueux fut sorti, je communiquai à l'assemblée la lettre qu'il m'avait écrite, et la réponse que j'y avais faite.

Je fus blâmée de ne l'avoir pas traité plus sévèrement, et de ne lui avoir pas fait défendre ma porte. Quand à lui, il fut généralement soupçonné de folie. Je croyais en être quitte pour sa ridicule incartade ; mais malheureusement j'étais dans l'erreur.

Le jour suivant fut pour moi un jour affreux ; du faîte du bonheur, du sein des plaisirs, je me vis précipitée dans un abîme de peines et d'afflictions. Le destin semblait avoir réservé ses coups les plus terribles pour m'accabler en même-tems.

D'abord je reçus la nouvelle qu'un furieux ouragan avait renversé, détruit une habitation que j'avais à la Martinique, qui était un objet de dix-mille livres de rente ; elle faisait près des deux tiers de mon bien ; il ne me restait plus qu'un revenu de six-mille livres. Quoique cette fortune fût honnête, et que je pusse encore vivre, il ne m'était pas moins douloureux de me voir contrainte de diminuer ma dépense.

Comme un malheur arrive rarement sans en entraîner un autre à sa suite, je reçus quelques instans après une lettre d'un fermier de la terre de Barleval en Bretagne, que j'affermais trois-mille livres par année ; ce fermier me marquait que le comte de Franche, qui avait été absent depuis vingt ans, réclamait cette terre, sur laquelle il avait, disait-il, des droits incontestables. Ainsi il semblait que les élémens et les hommes conspirassent à ma ruine. Je jouissais, il n'y avait que peu de momens, de seize-mille livres de rente; et tout-à-coup il paraissait que je n'avais plus qu'une maison à Paris, d'environ trois-mille livres de revenu. Quelle différence! et quelle réforme pour vivre en conséquence de cette médiocrité!

Je courus tout de suite montrer mes titres à d'habiles avocats, qui s'accordèrent tous pour m'assurer que mon père avait acquis la terre de Barleval très-légitimement, et que toutes les formalités nécessaires avaient été observées. Ces avis me rassurèrent un peu. Je pris cependant le parti d'aller moi-même en Bretagne afin de me concilier avec le comte de Franche ou ses gens d'affaires. Mais voulant dissimuler ces disgrâces de la fortune, je tins ma maison sur le même pied, me proposant de partir sous peu de jours.

Je reçus compagnie comme à l'ordinaire, sans que mes malheurs transpirassent dans mes connaissances. Huit jours avant celui fixé pour mon départ, j'avais chez moi beaucoup de monde ; et ne pensant pas que le sort dût encore ajouter un nouveau malheur à ceux que j'éprouvais, je n'étais occupée que du jeu, qui m'était assez favorable, lorsque tout-à-coup ma maison retentit des cris de mes domestiques qui appelaient du secours. Tout le monde se précipita vers l'escalier d'où partaient les cris. C'était le marquis de la Fieuville et le jeune Delisle qui étaient étendus au pied de mon escalier, baignés dans leur sang. Ils s'étaient rencontrés à ma porte ; le marquis avait forcé celui qu'il croyait son rival de se défendre, en mettant l'épée à la main contre lui, sans vouloir aller plus loin, et tous deux s'étaient dangereusement blessés. Cette malheureuse affaire causa le plus grand tumulte. Tous les spectateurs craignant d'être compromis, se retirèrent l'un aprés l'autre ; les femmes en firent autant ; de sorte que je me trouvai seule dans le plus cruel embarras. J'envoyai chercher un chirurgien qui jugea la blessure du jeune Delisle mortelle, et répondit de la vie du marquis. On crut pouvoir les transporter chez eux, et je ne fus nullement fâchée de les voir hors de ma maison.

Cet évènement malheureux hâta mon départ, que je fixai au lendemain. Je renvoyai tous mes domestiques, à l'exception d'un seul nommé Grandin, en qui j'avais confiance. Je lui donnai ma procuration pour recevoir les revenus de ma maison de Paris pendant mon absence, et pour vendre tout mon mobilier, qui était considérable, ainsi que mon carrosse et mes chevaux. Quand j'eus mis ordre à toutes mes affaires, je pris la poste et me rendis en Bretagne à ma terre de B rleval.

Tous mes fermiers avaient déjà reçu des oppositions de la part du comte de Franche. J'allai le trouver pour lui proposer de terminer nos différens sans procès, et de choisir deux hommes de loi pour arbitres.

Je crus devoir lui montrer les consultations des avocats de Paris qui étaient en ma faveur. Je trouvai un homme inflexible, qu'une longue chaîne de malheurs avait endurci, et qui était persuadé que pendant son absence toute la terre s'était liguée pour lui faire tort. Il me reçut fort brusquement, et je ne pus en tirer autre chose, sinon que la justice en déciderait, et que celui qui aurait tort payerait les frais.

Lorsque je me vis dans la nécessité de plaider, j'écrivis à Grandin de me faire passer promptement l'argent qu'il aurait retiré de mon mobilier. Je croyais recevoir au moins trente-mille livres; je n'en reçus que la moitié; encore Grandin me marquait-il qu'il avait eu beaucoup de peine à en tirer cette somme.

Je me vis en état de poursuivre mon procès ; mais j'eus beau faire, tous les suppôts de la justice sont des animaux voraces, qui n'ont des mains que pour recevoir. L'argent que je prodiguais ne servait à rien ; c'était au contraire une amorce qui les engageait à terminer moins vîte. Enfin, après deux ans entiers de fatigues, d'ennuis, d'inquiétudes, je perdis mon procès en plein, et fus condamnée à restituer au comte de Franche la terre de Barleval, parce que mon père l'avait acquise d'un homme qui n'en était pas légitime propriétaire. Je fus frappée de ce jugement comme d'un coup de foudre. Quel parti prendre ! Je ne recevais aucune nouvelle de la Martinique, l'argent de mon mobilier était épuisé. Ma seule ressource était d'aller me renfermer dans quelque couvent près de Paris, où je payerais une médiocre pension, pour être à portée de veiller moi-même au seul bien que la fortune m'avait laissé, qui consistait, comme je l'ai dit, en une seule maison, et de vivre dans ma retraite le plus commodément qu'il me serait possible avec mes mille écus de rente. Quelle douleur amère, quand je songeai au sort brillant et digne d'envie dont j'avais joui! Dans ces momens d'un trop juste chagrin, je fus vingt fois sur le point de me livrer au désespoir: je m'étonne aujourd'hui de n'avoir pas succombé à ma douleur. Je résolus d'aller passer quelques jours dans la capitale, afin d'arranger mes affaires, et de m'ensevelir ensuite dans une retraite obscure. Mon procureur, qui avait aussi affaire à Paris, m'offrit d'être mon compagnon de voyage.

Nous prîmes ensemble la poste. M. Dervaux, assez galant, quoique procureur et provincial, fit tous ses efforts pour me consoler, et me débita beaucoup de douceurs. Il connaissait assez bien le coeur féminin ; car quelque sujet de tristesse qu'ait une femme, on est sûr de la consoler, ou tout au moins de la distraire par des complimens, lorsqu'on a l'art de les placer à propos. Il alla même jusqu'à me dire que c'était à l'amour à réparer les torts de la fortune ; et que, puisque

puisque je n'avais plus assez de bien pour vivre à Paris avec aisance, il ne tenait qu'à moi de disposer de toute sa fortune, en lui faisant l'honneur de l'accepter pour époux ; qu'il s'applaudirait toute sa vie d'avoir rendu hommage au mérite et à la beauté. Huit-mille livres de rente dont il venait d'hériter, jointes au bien qu'il avait acquis, le mettaient dans le cas de quitter son état de procureur, et de vivre en gros seigneur dans sa province. Ces offres généreuses me flattèrent, mais ne m'ébranlèrent pas. L'expérience que j'avais des procédés d'un mari, me donnait de l'horreur pour un second engagement ; la médiocrité me sembla préférable à une aisance que j'achèterais au prix de la liberté. Je le remerciai, et nous continuâmes notre ronte, moi sur le pied de cruelle, et lui sur le ton d'adorateur.

En arrivant près d'Orléans, nous nous informâmes au postillon d'une bonne auberge, où nous pussions coucher : il nous indiqua celle de la *Bonne-Aventure*, dont nous ne nous trouvions éloignés que d'une lieue. Il était nuit lorsque nous arrivâmes. M. Dervaux ordonna le souper, assez bien entendu pour un souper d'auberge. Il but à ma santé plusieurs fois. Lorsque le vin l'eut un peu échauffé, il commença à s'émanciper, et me conjura d'avoir pour lui *une petite faiblesse* ; ce sont ses termes ; et j'eus lieu de m'apercevoir qu'un prcureur qui veut faire le galant, est un personnage très-comique. Je résistai sans peine aux ridicules transports de ce nouvel amant, qui connaissait bien mieux la chicane que l'art de soupirer aux genoux d'une jolie femme. Mon tempéramment s'était endormi pendant deux ans, que je n'avais songé qu'à jouer le triste rôle de plaideuse. On s'étonnera sûrement qu'une coquette telle que moi ait pu être si long-tems sans vouloir attacher à son char une foule d'esclaves. Je n'en tirerai point vanité, j'étais trop occupée de mon procès et du changement désagréable arrivé à ma fortune, pour éprouver bien vivement le desir de plaire.

J'envoyai coucher le procureur dans une chambre séparée de la mienne que par une simple cloison.

Fatiguée comme je l'étais de corps et d'esprit, je m'attendais à passer une nuit fort tranquille, dont j'avais grand besoin ; mais le sort en avait autrement décidé. Un grand garçon qui nous avait servi à souper, m'ayant trouvé de son goût, et prévoyant que les propositions d'un valet de cabaret, ne seraient pas bien accueillies, forma le dessein de me surprendre la nuit, et d'être heureux à quelque prix que ce fût, si cependant on peut donner le nom de bonheur à la jouissance qu'il se proposait. Vers le milieu de la nuit il entra dans ma chambre, dont j'avais cependant fermé la porte. Me voyant profondément endormie, il se déshabilla sans autre façon, et se glissa doucement dans mon lit. Je ne fus pas long-tems à m'éveiller, et me trouvant dans les bras d'un homme qui me serrait étroitement, je crus que c'était M. Dervaux qui était parvenu à ouvrir ma porte. Je lui reprochai sa témérité, en faisant mes efforts pour me débarrasser de lui ; mon homme s'aperçut de ma méprise aux discours que je lui adressais ; et profitant de l'erreur, il me tint à voix basse les discours les plus passionnés. La reconnaissance que je devais à M. Dervaux des offres généreuses qu'il m'avait faites ; la crainte de faire du bruit et d'instruire toute l'auberge de mon aventure, jointe aux mouvemens tumultueux qu'éprouve toute femme sensible qui se trouve entre les bras d'un homme qu'elle n'a aucune raison de haïr ;

tout enfin contribuait à rendre ma résistance assez molle. Je me laissai donc aller à ses transports : un baiser ardent me priva du sentiment, que cent baisers plus enflammés me rendirent bientôt après, pour le reperdre encore. Les plaisirs se succédaient avec tant de violence et de rapidité, que je n'avais d'autre expression que des soupirs à demi-étouffés par la bouche du faux procureur : mais comme tout n'a qu'un tems, mon héros échoua sur les derniers lauriers qu'il essaya de cueillir, et certainement je n'étais pas en droit de lui en faire des reproches.

J'ai dit plus haut que la chambre de M. Dervaux était voisine de la mienne ; je dois ajouter, pour l'intelligence de ce qui va suivre, qu'elle était la seule qui en fût voisine, en sorte que je ne pouvais être entendue que de lui seul. M'imaginant qu'il était couché à côté de moi, et que c'était lui qui dormait sur ses trophées, je n'aperçus pas plutôt le créqnscule, que je poussai de la main mon héros, en disant à haute voix : « Mon ami, le jour paraît, retirez vous dans votre chambre. » M. Dervaux, qui n'était qu'assoupi dans ce moment, m'entendit parler, et croyant qu'il n'y avait personne avec moi, il pensa que je l'appelais : il me cria : — Madame, je suis à vous dans le moment. — Mon compagnon de lit, que j'avais éveillé en le poussant, se voyant découvert, me dit que j'avais eu tort de parler si haut, et qu'il n'était pas celui que je croyais. On jugera de ma suprise et de ma confusion par ce qui s'était passé : je demeurai comme anéantie. J'avais fermé ma porte par derrière : était-ce le diable, était-ce un sylphe, qui avait couché avec moi? Sans doute il y avait quelqu'autre porte secrète, recouverte par la tapisserie, que je n'avais point aperçue. Cependant M. Dervaux, vêtu d'une simple redingotte, ayant trouvé ouverte la même porte par laquelle le garçon était entré, parut à ma ruelle, tenant à sa main une lampe de nuit ; il vit avec étonnement le rustre vigoureux occupé à faire un paquet de ses habits pour déloger promptement. Je suis persuadée que dans toute autre occasion, il aurait eu une peur effroyable : mais quel est le champion à qui l'amour ne donne pas de l'audace ? Il posa sa lampe sur le plancher, et, sans discourir, il se jeta sur le rustre, qui, beaucoup plus robuste que lui, l'en aurait bientôt fait repentir, si je ne me fusse mise entre les deux rivaux, dont le combat allait infailliblement faire beaucoup de vacarme ; il n'en fallut pas davantage pour les séparer. Aussi-tôt que je présumai que les deux rivaux seraient tranquiles, je fermai ma porte ; ensuite ayant considéré et reconnu celui qui avait partagé mon lit, pour le garçon qui nous avait servi à souper, je le menaçai de le livrer sur-le-champ entre les mains de la justice, pour le faire punir de la violence que je prétendais qu'il m'avait faite. Mais je demeurai fort surprise d'entendre ce jeune homme me répondre avec autant de fermeté que de sang-froid : « — Que vous servirait-il de vous plaindre, madame ? peut être serais-je puni ; vous seriez montrée au doigt, et j'aurais encore les rieurs de mon côté. D'ailleurs, dussé-je mourir dans les supplices, j'ai été heureux en possédant ce que j'adore, je l'ai même été plus que je n'osais me le promettre, puisque je vous ai vu répondre à mes transports ; ainsi je mourrais content et je bénirais même la cause de ma mort. Quant à vous, M. Dervaux, continua-t-il, l'apostrophant avec assez de fermeté, si je n'avais craint de compromettre madame, en faisant du bruit, je vous aurais appris qu'il n'est pas si aisé de me battre, et que le fils de M. Duruisseau, votre protecteur, mérite bien tout au moins que vous lui cédiez le pas. » Le procureur étonné, l'ayant considéré avec attention, le reconnut, et lui témoigna son étonnement de le rencontrer dans un équipage aussi indigne de sa naissance : je profitai de ce moment pour mettre une robe. M. Duruisseau, voulant rassurer ma délicatesse, qu'il soupçonnait choquée de ce que j'avais été la proie d'un garçon de cabaret, me raconta son aventure, dont je vais tâcher de me ressouvenir.

M. Duruisseau, fils d'un président du parlement de B..., auquel il était destiné à succéder un jour, vint passer quelque tems à une des terres de son père, voisine de l'endroit où M. Dervaux était procureur; il y fit connaissance d'une jeune personne, dont il devint amoureux, et que, du consentement de la demoiselle, il fit demander en mariage. Les familles et la fortune étaient à-peu-près assorties et l'affaire paraissait prête à se terminer, lorsque le régiment de . . . . vint en garnison dans cette ville. Un jeune officier trouva le secret de se faire aimer de la maitresse de M. Duruisseau, et obtint même la préférence : un plumet à un chapeau fait tourner la tête à une jeune provinciale. Depuis les assiduités du militaire, en vain M. Duruisseau pressait-il celle qu'il devait épouser, de fixer l'instant de son bonheur ; elle lui donnait tous les jours de nouvelles défaites. Il se douta

douta du motif du refroidissement, et voulut s'en éclaircir. Après plusieurs tentatives, il allait prendre le parti de sommer de leur parole les parens de sa maîtresse, lorsqu'un jour il vit tomber de la poche de sa belle un billet, dont il fut assez adroit pour s'emparer, sans être aperçu. Ce billet, sans signature, prévenait la demoiselle qu'on viendrait le lendemain sur les six heures de l'après midi : il était terminé par beaucoup de plaisanteries sur le compte de M. Durnisseau, qu'on nommait l'Adonis à longue chevelure. Comme il aimait éperduement, sa fureur fut proportionnée à sa passion. Dissimulant ce qu'il éprouvait, il n'épargna ni caresses, ni argent pour gagner la femme-de-chambre de son infidelle, qui l'introduisit le lendemain dans la chambre à coucher de la demoiselle, lieu indiqué par le billet, et à laquelle on pouvait monter par un escalier dérobé. Il s'était muni d'une épée et de deux pistolets: son impatience était grande; mais elle fut de courte durée: à l'heure juste dont le billet faisait mention, il vit entrer l'officier, qui se crut seul, parce que Duruisseau s'était soigneusement caché dans la ruelle du lit. Sa maitresse le suivit d'assez près. — Mon père est sorti, lui dit-elle en entrant, et ma mère fait sa partie; ainsi, mon cher d'Orfeuil, je puis te posséder au moins une heure sans craindre d'être troublée par personne, parce que ma mère me croit occupée à dessiner. Le prélude ne fut pas long ; elle se jeta dans les bras de son officier, et se prêta d'assez bonne grâce à tout ce qu'il exigea d'elle. « Enivrons-nous de plaisirs er d'amour, lui disait-il, tandis que ton insipide amant se repaît de fumée. »

Il allait sans doute en débiter davantage, si M. Duruisseau ne fût sorti de sa retraite en faisant les éclats de rire les plus bruyans, qu'il n'interrompit que pour féliciter la jeune personne de sa nouvelle conquête, et cela du ton le plus ironique, sans paraître affecté, qooique intérieurement il fût au désespoir. « Comme mon intention, ajouta-t-il, n'est pas de troubler vos plaisirs, mademoiselle, trouvez bon que je me retire, et que je vous laisse le champ libre. » La perfide toute déconcertée, lui demande grâce de l'air le plus humilié, et fut sur le point de se jeter à ses genoux. Mais l'officier, qui avait son caractère à soutenir et la cause de sa maitresse à défendre, haussa le ton, et menaça M. Duruisseau de cent coups de canne, s'il lui arrivait de tenir un seul propos indiscret. Celui-ci lui répondit qu'un habit d'officier n'en imposait point, quand il était porté par un homme indigne du titre de militaire; et lui jetant au visage, d'un air méprisant, le billet qu'il avait trouvé: « Essayons, continua-t-il, si l'Adonis à longue chevelure, ne pourra pas se mesurer avec quelque avantage contre un prétendu disciple de Mars. Allons, monsieur, choisissez, j'ai une épée; si cette arme est de votre goût, mettez-vous en garde; ou si vous l'aimez mieux, voici une paire de pistolets; décidons qui tirera le premier. » L'officier, plus prudent que lui, observa que la chambre où ils se trouvaient, n'était pas un champ de bataille, et lui promit d'aller le prendre le lendemain matin à sept heures. Le défi fut accepté et le lieu convenu, malgré les instances de la belle éplorée, et M. Duruisseau sortit.

Son rival lui ayant manqué de parole le lendemain, il lui envoya un domestique chargé d'un billet, par lequel il lui demandait la cause de ce retard, et le priait de lui indiquer une heure certaine pour le même jour ou le lendemain sans faute, et d'être plus exact. L'officier fit réponse qu'un rhume violent le retenait au lit ; mais qu'aussi-tôt qu'il serait en état de sortir il lui donnerait de ses nouvelles. M. Duruisseau envoya son domestique, pour lui dire que ce prétexte n'était pas convenable à un militaire ; qu'au surplus, il ferait en sorte de le guérir promptement s'il se décidait à tenir sa parole. L'officier vit à cette plaisanterie qu'il avait affaire à un homme ferme et de sang-froid ; sa crainte redoubla. Il lui répliqua cependant qu'un rival tel que M. Duruisseau, devait être charmé qu'une circonstance imprévue retardât son châtiment ; qu'il n'avait qu'à rester tranquile, et qu'il le verrait peut-être plutôt qu'il ne desirait. M. Duruisseau ne fut pas dupe de cette fausse bravoure, et se douta bien que l'homme à qui il avait affaire était un poltron. En effet, lorsqu'il s'agit d'affaire d'honneur, sur-tout vis-à-vis d'un militaire, il n'y a qu'une impossibilité absolue qui puisse servir d'excuse : or, le prétexte de l'officier n'était pas de ce genre. M. Duruisseau l'épia et le rencontra le soir même comme il rentrait ; il le suivit jusques sous sa porte, pour s'assurer s'il ne se trompait pas ; quand il fut sûr de son fait, il l'apostropha de quelques coups de plat d'épée sur le visage. L'indigne officier à qui la nécessité faisait une loi de la bravoure, mit l'épée à la main, se battit, et fit une légère blessure à son ennemi, qui lui porta un coup à la gorge dont il tomba mort. L'action avait duré plusieurs minutes, et quelques personnes les avaient aperçu se battre ; M. Duruisseau avait été reconnu. L'affaire fit beaucoup de bruit ; on l'accusa d'assassinat prémédité et il fut obligé de se sauver, pour éviter les vives poursuites de la famille de l'officier, qui était puissante. S'il eût voulu passer chez l'étranger, on l'aurait arrêté, les ordres les plus précis ayant été sollicités pour s'assurer de sa personne : il imagina, pour se soustraire aux recherches, d'entrer en qualité de garçon dans l'auberge où nous le trouvâmes, qui n'étant qu'à vingt lieues de distance de son pays, le mettait à portée de recevoir de fréquentes nouvelles de son affaire, sans risquer d'être découvert sous ce déguisement, peu vraisemblable, j'en conviens, mais qui n'en est pas moins réel.

Lorsque M. Duruisseau eut fini son récit, qui fut plus détaillé que ce que j'en ai rapporté, il nous dit que nous étions les seuls, à l'exception de sa famille, qui fussent instruits de sa retraite; mais qu'il ne se repentait pas de l'aveu qu'il venait de nous faire, parce qu'il osait compter sur ma discrétion, et que M. Dervaux avait d'assez grandes obligations à son père pour ne pas le trahir. Et se jetant à mes genoux, il me demanda pardon de la surprise qui l'avait mis à même de me rendre favorable à ses desirs, et se retrancha, comme font tous les hommes, lorsqu'ils ont commis quelque sottise, sur l'extrême violence de la passion que je lui avais inspirée, dès qu'il m'avait vu entrer dans l'auberge ; M. Dervaux, quoique l'ame déchirée de ce qui venait de se passer, promit à M. Duruisseau de lui donner des preuves de la reconnaissance qu'il devait à sa famille, en gardant un secret inviolable sur le lieu de sa retraite, et en tachant de lui être utile aussi-tôt qu'il serait de retour chez lui. J'avais à soutenir le rôle le plus embarrassant, et assurément M. Duruisseau fut bien aveugle s'il ne s'aperçut pas que je n'étais point trop fâchée de l'aventure ; car il n'y avait rien dans toute sa personne dont ma vanité pût être blessée. Dans le nombre de ceux qui l'avaient précédé, il s'en trouvait qui valaient moins. A la physionomie la plus intéressante, il joignait un esprit cultivé, s'énonçait avec cette facilité qui annonce la bonne éducation. Je le congédiai cependant, en affectant de mon mieux un air fort irrité, dont je crois qu'il ne fut pas dupe.

A peine fut-il sorti, que M. Dervaux se plaignit amèrement de la préférence injuste que j'avais accordée à un homme que je ne connaissais pas; il prétendit que c'était par dérision que je l'avais appelé, lorsqu'il était entré dans ma chambre. Je fus obligée de lui expliquer toute l'énigme, et je fis la sottise de lui avouer que c'était avec lui que je croyais avoir passé la nuit. Il se prévalut de cet aveu, et exigea comme une dette, des faveurs que je n'eus pas l'inhumanité de lui refuser.

Le désastre de ma fortune, qui m'avait d'abord accablée, me laissait de jour en jour plus tranquile, quelquefois même je me trouvais heureuse d'en avoir sauvé quelques débris, quoique peu considérables. Ce n'était pas à la philosophie que j'étais redevable de cette résignation; mon coeur était d'une trempe singulière; toutes les petites passions ne faisaient sur lui qu'une impression passagère et faible; l'amour, l'amour seul était capable de l'occuper entièrement. Si cette marche était générale, elle prouverait que dès qu'une femme a contracté l'habitude des intrigues, elle ne peut plus s'en passer, c'est une occupation qui lui devient absolument nécessaire, et alors elle est autant à plaindre qu'à blâmer. Malgré

gré toutes les raisons que j'avais de détester l'amour, qui m'avait joué les tours les plus sanglans, malgré le chagrin que les cruels revers de la fortune devaient me causer, je rentrais encore dans le cercle vicieux d'une vie criminelle, et je redevenais sensible au plaisir d'être aimée et de me l'entendre dire. Cette satisfaction seule me dédommageait presque de tout le reste ; soit amour-propre soit tempérament, soit fatalité, soit enfin tout ce que l'on voudra, je ne me croyais pas tout-à-fait malheureuse, puisqu'il me restait encore assez de charmes pour faire des conquêtes.

Nous achevâmes notre route, M. Dervaux et moi, assez contens l'un de l'autre. Arrivés à Paris, nous logeâmes ensemble en hôtelgarni, sur le pied d'époux ; j'écrivis à Grandin, qui se rendit sur-le-champ chez moi avec l'argent qu'il avait reçu dans mon absence des locataires de ma maison. Un emploi qu'il avait obtenu dans un bureau l'avait mis à son aise. Il continua de se charger de mes affaires. J'appris de lui que l'aventure du marquis de Fieuville et du jeune Delisle avait fait beaucoup d'éclat ; que mon évasion, presque subite, avait autorisé beaucoup de propos sur mon compte ; et que, malgré l'avis du chirurgien, le jeune Delisle était encore vivant, et qu'au contraire le marquis de Fieuville était mort de sa blessure quelques mois après. M. Dervaux à qui je contai cette ancienne aventure, n'eut pas plutôt terminé ses affaires à Paris, qu'il me conseilla de retourner en province, à cause d'une si cruelle catastrophe, dont le souvenir n'était pas encore éteint, et que ma présence ne manquerait pas de faire revivre : il observa encore que la différence de mon état actuel avec la fortune dont j'avais joui, m'exposerait à des désagrémens sans nombre. Ces raisons étaient assez bonnes ; mais il en avait une autre relative à lui, c'est qu'il m'aimait et qu'il desirait fort que je le suivisse. Il est des hommes que les faveurs rendent constans ; je crois même que nous trouverions beaucoup moins d'amans volages, si nous ne nous piquions pas d'une trop longue résistance. Il faut bien connaître le coeur humain pour savoir être cruelle à propos.

Les bontés que j'avais pour le procureur, métamorphosé en tendre Céladon, lui inspirèrent l'idée de m'entretenir. Je ne fis que rire de son impertinente proposition, et je me contentai de lui représenter, que pour se ruiner avec une femme, il n'était ni financier, ni grand seigneur. D'ailleurs, lui dis-je, me conviendrait-il de mettre à l'épreuve la générosité de mon amant, comme si j'étais une fille de théâtre ? Les choses n'en iraient pas plus mal dans le monde, si chacun ni jouait que son rôle. Rien ne prouve mieux combien le véritable amour est méconnu, que de voir une bourgeoise, et même une femme titrée, s'enrichir par les bienfaits de ses imprudens adorateurs.

Quand Dervaux vit que ses offres

n'étaient pas capables de me séduire, il me pria de consentir du moins à l'épouser. Je crus devoir enfin lui accorder la satisfaction qu'il desirait depuis long-tems : j'étais trop charmée de sa bonhomie pour n'être pas enchantée d'avoir un tel mari.

Comme nous voulions éviter les discours malins qu'on n'aurait pas manqué de tenir sur mon compte, si quelque circonstance m'eût rappelée dans la mémoire des oisifs de la capitale, nous eûmes, pour notre argent, toutes les dispenses nécessaires, et notre mariage se fit sans bruit et sans cérémonie.

Mon cher et bénévol époux ne se souciant pas plus que moi de retourner en Bretagne, vendit son office de procureur, et nous allâmes nous établir à Evreux en Normandie, où se trouvaient situés les biens dont il venait d'hériter. Nous y vécûmes fort paisiblement pendant deux années entières.

Il est vrai que je me comportai avec tant de prudence, qu'il ne s'aperçut jamais que le fils d'un négociant de cette ville (jeune homme d'ailleurs fort discret) partageait secrétement tous ses plaisirs.

Je passerai légèrement sur cette liaison, qui noffre rien d'intéressant, tant elle fut simple et tranquile; mon obscure conquête venait me voir tous les jours après diner dès que M Dervaux était sorti.

Malgré le goût que j'avais pour les plaisirs bruyans, je me serais assez accommodée de ce genre de vie, si le chevalier de Montreillis, ne fût pas venu traverser le bonheur de son paisible rival. Je n'ai nullement à me reprocher cette nouvelle faiblesse; il était impossible qu'une petite-maîtresse, qui se ressouvenait encore d'avoir vécu à Paris, ne fût pas enchantée de cet aimable fat. Il possédait des qualités auxquelles on ne pouvait refuser d'être sensible. Figurez-vous un grand jeune homme fait à peindre, la figure la plus intéressante, riant toujours, saisissant avec goût les modes les plus ridicules; jurant avec des grâces infinies, déchirant toutes les femmes avec ce ton de gaieté qui donne à la plus noire calomnie l'air d'un propos agréable et sans conséquence. Tel était Montreillis : pouvais-je lui résister?

Ce dangereux mortel vint faire une visite à M. Dervaux, et lui déclara, en le persifflant, que le desir de faire connaissance avec moi était le motif qui l'avait amené. M. Dervaux, se prêtant à la plaisanterie, le reçut très-poliment; et me le présenta, tandis que j'étais à ma toilette. Comme je connaissais déjà le personnage de réputation, je compris à ses manières qu'il fallait lui faire des agaceries, et jouer auprès de lui le rôle d'une petite-maîtresse décidée, si je voulais le prévenir en ma faveur: aussi-tôt je tachai de lui montrer que je n'étais point une provinciale; un souris demi-gracieux, une inclination de tête, des airs étourdis et langoureux tout-à la fois, et les mots bisarres et vides de sens que j'employai en minaudant d'une manière nonchalante ; tous ces petits riens lui inspirèrent une haute idée de ma personne. J'achevai de le charmer par la prière que je lui fis de donner ses ordres au bon ordre de ma coiffure, qui, selon moi, était *horriblement maussade.*

« — On ne m'a rien exagéré, madame, me dit-il, en me faisant l'éloge de votre beauté et de votre mérite ; la vérité est bien au dessus du récit que j'en ai entendu faire ; et je mets ma gloire à publier que vous êtes une femme unique. Le ciel me foudroie, si vous ne me paraissez incomparable. — Monsieur, lui répondis-je, vous me trouveriez bien vaine, si je prenais à la lettre un compliment que je ne dois qu'à votre honnêteté ;

cependant il ne peut qu'être flatteur, partant d'un homme dont la décision est l'oracle du goût. »

Après quelques réponses galantes des deux côtés, il me dit qu'étant informé que je recevais peu de monde, et que M. Dervaux ne restait jamais chez-lui dans l'après-midi, il me demandait la grâce de venir me faire perdre, s'il était possible, l'amour que je montrais pour la solitude. En achevant ces mots, il me quitta d'un air satisfait. Sur la réputation dont il jouissait, je devinai bien quel était le but de ses visites, et je me promis de lui rendre ma conquête plus difficile qu'il ne se l'était imaginé.

Il vint dès le lendemain après-midi, et me trouva dans un déshabillé très-galant. « — Madame, s'écria-t-il en souriant, et se regardant devant une glace, je n'ai jamais mieux éprouvé que depuis hier, combien l'absence est pénible quand le coeur n'est pas indifférent. — Auriez-vous trouvé, monsieur, lui répondis-je, quelque nouvel objet qui se soit attiré vos hommages? — Eh quoi, madame, avez-vous déjà oublié que j'eus hier, dirai-je le bonheur, dirai-je la fatalité de vous rendre une visite? En faut-il davantage pour vous adorer? Non, sans doute, et l'aveu précipité que je viens de vous faire, vous témoigne toute la violence d'une passion qui vous offense peut-être, mais qu'il ne m'a pas été possible de déguiser.—Ces phrases vous sont familières, monsieur le chevalier; le grand nombre des femmes à qui vous en dites autant tous les jours, m'annonce quel degré de croyance ces déclarations méritent. — J'aurais tort de dissimuler que je me suis rendu coupable de quelques inconstances; mais, madame, croyez que je ne les ai commises que parcequ'il n'appartenait qu'à la beauté de me fixer. — On nomme pourtant certaines femmes qui vous ont su plaîre pendant plusieurs mois; on m'en a même nommé qui possèdent encore votre coeur. — Je vous jure, madame, qu'il n'en est rien. — C'est donc une calomnie de mettre sur votre compte madame Desforets? — Vous me supposez bien désoeuvré Quoi! vous voudriez que je m'occupasse de cette femme? Je vous la livre pour la plus insipide créature qui soit au monde: elle n'étourdit n'étourdit les oreilles que de la généalogie de ses ayeux et de l'antiquité de son château ; trois jours m'ont suffi pour la connaître : je n'en ai pas employé autant à l'oublier. — Convenez au moins que c'est à juste titre qu'on vous donne madame de Saint-Olbin. — Madame de Saint-Olbin est un personnage si singulier, qu'à la vérité j'ai voulu l'approfondir ; je n'imaginais pas qu'on pût allier la dévotion sincère avec autant de jeunesse et des yeux si tendres ; je l'ai connue ; ma curiosité est satisfaite, et j'ai cessé de la voir. — Vous défendrez vous aussi de vos liaisons intimes avec la petite Floricourt ? Tout le monde sait qu'elle est à vous. — Et tout le monde se trompe : je l'ai eue, j'en conviens; mais elle a craint mon inconstance, et s'est avisée d'être jalouse : elle est devenue horriblement maussade, et je l'ai quittée.—Je ne vous passerai pas.... — Oh ! vous allez me citer la grasse Prévilliers : un jour, je l'avoue, mon mauvais génie me fit naître l'envie de participer à ses faveurs matérielles.... La bégueule d'Origny ne s'est-elle pas avisée de s'attendrir en ma faveur, quoiqu'elle affecte de dédaigner tous les hommes ? Je ne l'ai gardée que le tems qu'il fallait pour bien m'assurer que sa fierté et ses mépris ne sont qu'un jeu... Il est vrai que j'ai été du dernier mieux avec la précieuse d'Ursoi ; mais elle m'ennuyait à périr, et m'excédait à force de médire de toute la ville : pouvais-je l'aimer long-tems, moi qui suis d'une discrétion à toute épreuve ?... Je n'ai eu jusqu'à ce jour que des amusemens sans conséquence, et non de véritables attachemens. Je me flatte, madame, que vous me rendrez assez de justice .... (à ces mots il me baisa la main.) — Oui, monsieur, pour croire que vous serez....— Sage? ... Oh pour cela oui, si la sagesse consiste.... (Il couvrit encore de baisers une de mes mains.) — Respectez la vertu, méritez mon estime, lui dis-je, en m'éloignant par précaution. » Mais il me retint, et je ne sais comment cela se fit, la tête me tourna ; un maudit canapé, qui se trouva derrière moi, fut cause sans doute de ma défaite : il faut quelquefois si peu de chose pour déranger nos projets de sagesse !

Dès que je fus un peu revenue de mon trouble, je me mis à pleurer (c'est l'usage), et je tins à-peu-près au chevalier le discours suivant : « Je vais sans doute éprouver le sort des femmes que vous m'avez nommées, et ajouter un nouveau supplément à votre légéreté et à votre indiscrétion. — Non, charmante Dervaux, me répondit il, c'est me rendre peu de justice ; je vous aime assez pour vous promettre de la discrétion, et peut-être même de la constance. D'ailleurs, la victoire m'a coûté assez d'efforts pour chercher à jouir long-tems de ma conquête. Le cher Dervaux est il jaloux, ajouta-t-il? — Non, lui dis-je, mais il pourrait le devenir. — Eh bien, reprit-il, pour vous prouver combien je veux en user honnêtement avec vous, je consens de ne pas lui dire de quelle manière nous sommes ensemble; ce sera, sur mon honneur, le premier mari que j'aurai ménagé; car vous ne sauriez croire quelle satisfaction c'est pour moi que d'étourdir ces pauvres époux, en les faisant confidens de la complaisance que leurs femmes me témoignent. »

Je vis trop tard la sottise que j'avais faite de ne pas mieux résister à un homme de cette espèce, et le peu de fonds que je devais faire sur lui; mais il était si séduisant, se mettait avec tant de goût, que la coquette la plus habile n'aurait pu lui résister deux jours: j'aime du moins à me le persuader, pour n'avoir pas tant de reproches à me faire. — « Convenez avec moi, ajouta-t-il, que je ne m'y prends pas mal pour séduire la femme la plus rétive. Je ne trouve rien de plus mal imaginé que de s'ennuyer des mois entiers à se jurer qu'on s'adore, qu'on s'adorera toujours, et de ne jamais se le prouver. — Vous êtes impatientans, vous autres hommes, avec vos preuves, lui répliquai-je; ne devriez-vous pas vous contenter d'un tendre aveu, et attendre le reste, de vos soins et du tems. — Quoi! vous voudriez que par honnêteté on s'excédât mutuellement d'ennui et de mauvais propos, qui au fond ne signifient tous que la même chose? Car, faites un volume de belles protestations, tout cela se réduit à dire; *je vous aime:* or, il est bien plus court de se le prouver. — Je voudrais au moins, que vous ne profitassiez pas si cruellement de notre faiblesse. — Ah ! voilà un mot qui est impayable, il mérite un baiser. — Eh bien, finirez-vous? — Non, parbleu ! j'entrevois un second instant de faiblesse qui doit être délicieux. — Vous êtes d'une folie... » J'allais lui faire de sages représentations qui l'auraient peut-être contenu ; mais il ne m'écouta point, et il se trouva beaucoup plus fort que moi.

Après un instant de silence, il se mit à éclater de rire, et me demanda si je me repentais encore de ma faiblesse ? « Je dois en être confuse, lui répondis-je, vous vous piquez si peu de discrétion ! » Je fus atterrée, de ce qu'il osa me répliquer : « — Quand je voudrais faire un mistère de notre entrevue, toute la ville saurait ce qui s'est passé entre nous : on me connaît, cela suffit. — Mais ne puis-je pas vous en avoir imposé, et vous avoir forcé à vous contenir dans les bornes du respect ? — Chose impossible, Madame ! oui, de toute impossibilité. Je vais vous en convaincre ; lisez ce plan de conduite que je me proposais de tenir avec vous ; je l'ai dressé hier soir : j'ai coutume d'en écrire un pareil toutes les fois que je dois avoir un tête-à-tête avec une jolie femme, dont la conquête peut me faire honneur. »

Il me présenta un papier ; je l'ouvris, et j'y vis en tête : *Moyens assurés pour parvenir promptement aux faveurs de madame Dervaux, petite-maitresse arrivant de Paris.*

Jamais surprise ne fut égale à la

mienne, lorsque je lus, en forme de dialogue entre lui et moi, ce qu'il devait me dire, ce que probablement je lui répondrais, à quoi telle ou telle autre réponse devait nous mener; enfin j'y trouvai exactement la conversation que nous avions eue, aux expressions près, et les circonstauces précises qui devaient favoriser ses tentatives.

— « Vous avez donc l'art de deviner, m'écriai-je? — Point du tout, me dit-il, je n'ai fait que suivre la nature qui ne m'a jamais trompé. — Mais encore faut-il, pour rencontrer si juste, que vous ayez connaissance du caractère des femmes que vous cherchez à surprendre. — Bon! cette étude mènerait trop loin: figurez-vous qu'il y a dans le code de la galanterie, des principes généraux pour la prise d'un coeur, comme il y en a dans le code militaire pour la prise d'une place ; une femme d'esprit et qui a de l'usage, comme vous, par exemple, ne doit jamais tenir plus de deux séances : parce qu'elle connaît le monde et qu'elle sait se rendre à la raison : une provinciale, au contraire, est plus opiniâtre ; elle exige des soins, des soupirs ; un homme doit sur-tout s'attacher à lui persuader qu'il est né constant, et discret à toute épreuve La conduite qu'il faut tenir avec les prudes est encore différente ; de fades protestations, hérissées de louanges outrées, les flattent infiniment : des respects affectés dev nt les étrangers leur font prendre une idée avantageuse de celui qui les leur rend ; mais ce qui les séduit, ce qui leur fait tourner la tête, c'est de dire beaucoup de mal de celles dont elles craignent la concurrence ; et l'idée qu'elles se font, qu'un homme leur sacrifie de telles rivales, leur fait à elles-mêmes sacrifier ce qu'elles ont de plus cher. A l'égard des dévotes, c'est un genre à part, rarement deviennent-elles la proie d'un homme aimable, parce que l'hypocrisie est le piége ordinaire où elles vont se prendre ; et c'est une étude longue, pénible, ennuyeuse, dont nous autres jeunes gens nous nous soucions peu ; leur défaite n'est jamais le prix d'une occasion bien amenée ou d'un heureux caprice ; elles ne cédent qu'à un homme qu'elles ont éprouvé depuis long-tems, et qui sait leur paraître un saint, ou plutôt un cafard vigoureux et dissimulé. »

Il allait sans doute me dévoiler bien d'autres secrets de son art, lorsque M. Dervaux ouvrit brusquement la porte du cabinet où nous étions. Le désordre de mon habillement, la surprise que nous témoignâmes de le voir entrer dans un instant où il était si peu attendu, furent comme autant de témoins parlans, qui lui découvrirent ce qui venait de se passer. Il prit la chose au sérieux, et s'emporta vivement contre M. de Montreillis, qui lui représenta en le persifflant, selon sa coutume, qu'il avait tort de se fâcher, attendu que c'était manquer à l'usage, que d'entrer sans faire beaucoup de bruit, dans un appartement où l'on savait que sa femme

femme était en tête-à-tête. Après s'être tiré d'affaire par cette mauvaise plaisanterie, le chevalier sortit sans s'inquiéter de l'embarras où je me trouvais.

M. Dervaux, qui s'était persuadé que je lui étais fort attachée, ne pouvait revenir de son étonnement. Après une scène muette d'un demi-quart-d'heure, son dépit s'exhala en injures; il alla même jusqu'à me menacer de me faire enfermer. Ce ton despotique me déplut; je lui répondis avec dédain, que peu faite à de pareilles menaces, je n'avais pas envie de m'y accoutumer; qu'il me serait facile de me justifier; mais que je ne jugeais pas à propos d'en prendre la peine. Ces dernières paroles le mirent dans une colère épouvantable, au point qu'il leva la main pour me donner un soufflet. aussi indignée qu'effrayée de sa brutalité, je pris la fuite, en le menaçant de le faire bientôt repentir de ses excès.

J'aurais été moins résolue, si je n'avais reçu d'agréables nouvelles depuis quelques jours, qui m'annonçaient que le désastre arrivé dans mon habitation n'était pas aussi grand qu'on l'avait d'abord cru, et qu'elle me produisait encore sept ou huit-mille livres de rente. Je me retirai chez une veuve de mes amies, nommée madame Brice. J'en fus reçue à bras ouverts. Pour mieux me servir, elle convoqua chez elle tout son aréopage, afin de décider de quelle manière je devais me conduire à l'égard de M. Dervaux.

Il fut conclu, d'une voix unanime, qu'attendu la fortune dont je jouissais, j'étais fondée à demander une séparation de corps et de biens.

Je fus d'autant plus charmée du résultat de la consultation, qu'il flattait mon goût et me faisait espérer de recouvrer ma liberté.

J'écrivis à M. Dervaux la lettre suivante:

« Choquée, comme je dois l'être, de la grossiéreté de vos procédés, ne soyez pas surpris, monsieur, si je prends le parti de m'y soustraire. J'ai consulté mes droits, ils sont certains, et je suis disposée à les faire valoir. Je veux bien cependant, pour votre propre honneur, éviter l'éclat et nous séparer par accommodement, en faisant toutes les formalités de justice nécessaires.

Si ce parti vous convient, je vous ferai parvenir mes conditions: j'attends une réponse sous vingt-quatre heures; autrement votre silence sera le signal des hostilités, et j'agirai à la rigueur. »

Je m'attendais à de grands mots, à des reproches, à un refus; je me trompais; je reçus, presque sur-le-champ, cette insolente réponse:

« Je gagnerai trop à être séparé de vous, pour ne pas y prêter les mains; si j'ai fait une sottise dans ma vie, c'est celle d'avoir tiré de la misère une femme qui méritait sa triste destinée. Il faudrait que les conditions fussent bien extraordinaires pour me faire changer d'avis. Voici les miennes: vous laisser tout ce qui vient de vous, et ne jamais vous revoir. *Dervaux*. »

Dès le lendemain les procédures commencèrent, et en deux mois de tems je fus déclarée séparée de corps et de biens, et libre de me retirer où je voudrais; mon mari condamné en outre à me rendre tout ce qui m'appartenait.

Je me trouvai libre et riche de plus de dix mille livres de rente; fortune assurément trop considérable pour végéter dans le fonds d'une province. Aussi je songeai bientôt à revoir Paris, ce séjour charmant des plaisirs et de la galanterie.

Je devrais peut-être, pour mon honneur, finir à cette époque les mémoires de ma vie. On a pu, jusqu'à présent, attribuer mes fautes à la fougue du tempérament et de la jeunesse. Mais si l'on me voit me livrer de plus belle à la fougue de mes passions, je n'aurai plus d'excuses ; mes fautes cessant d'être des erreurs, deviendront des vices. Il est un âge où l'on pardonne tout ; mais passé quarante ans on ne doit plus compter sur l'indulgence de personne. Cependant comme le mal est fait, j'aime autant l'avouer. Combien de femmes qui me condamneront, craindraient d'être aussi sincères !

Je revolai donc à Paris, et j'allai loger chez Grandin, mon ancien domestique, qui, de grade en grade était parvenu à un emploi très-lucratif, et qui tranchait du petit seigneur. Comme il ignorait mon mariage et qu'il me croyait toujours fort mal à mon aise, il se crut autorisé à me faire les yeux doux, et hasarda même quelques propos obligeans, que j'interrompis en lui apprenant la situation de mes affaires; il se renferma alors dans les bornes du respect, et m'offrit la continuation de ses services.

Après m'être reposée quelques jours, je pris une maison; et en peu de tems j'eus une cour nombreuse et brillante. Ma longue absence avait fait oublier presque jusqu'à mon nom; je reparus sous mon ancien nom de Vilfranc, et ne jugeai pas à propos de déclarer mon second mariage, que tout le monde ignorait.

Le caractère d'inconstance et de légéreté que j'avais contracté, et qui cause ordinairement la perte des femmes, sur-tout le desir de plaîre, me tirannisaient de plusen plus. Vivre sans intrigue était, selon moi, moins vivre que végéter; et malheureusement j'autorisais mes principes par l'exemple de toutes les femmes de ma connaissance, qui, ainsi que moi, avaient reconnu, que la galanterie est, pour ainsi dire, la seule route des plaisirs. C'est effectivement l'idole favorite qui s'attire aujourd'hui l'hommage des hommes. Vouloir être absolument sage, c'est renoncer à la société; c'est, en quelque façon, rompre avec le genre humain; et n'en déplaise à mon sexe, ce désordre est encore un reproche qu'on peut lui faire: les hommes n'ont de vices que parce que nous aimons les hommes vicieux.

A peine eus-je pris l'air de Paris, que je m'aperçus d'une nouveauté dans le sistême de la galanterie : avant mes voyages, la fureur des femmes était d'avoir toujours avec elles un militaire ; en visite, aux promenades, à l'église, par-tout enfin il fallait un officier à une femme : cette mode était passée, c'était les abbés qui avaient obtenu leur survivance. Comme ce changement s'était fait pendant mon absence, je me contentai de m'y conformer, sans en approfondir la cause ; j'appris seulement par des bruits vagues, que quelques chroniqueurs beaux-esprits, prétendaient, qu'il s'était fait à cause de l'inimitié qui règne ordinairement entre les favoris de Mars et de la Fortune, et que les femmes lassées enfin de fournir toujours de quoi faire des campagnes, avaient mieux aimé se rabattre sur les petits-collets qui n'exigeaient aucune dépense, et qui d'ailleurs ne pouvaient pas couvrir leur inconstance du prétexte qu'ils avaient ordre de rejoindre leur régiment. Ce dernier motif n'était sûrement pas le véritable; car ces êtres frivoles et amphibies qu'on nommait abbés, avaient l'impudence en partage, et ne se faisaient point une affaire de la perfidie, sans en avoir le moindre prétexte.

Quoi qu'il en soit, un abbé que je rencontrais souvent dans une maison, jeta sur moi son dévolu, et ne tarda pas à venir m'instruire de l'usage, et m'exagéra le bonheur qu'il aurait de fixer mon choix. Comme je n'avais aucune raison pour le refuser, que d'ailleurs il était le premier qui se présentât, et qu'il me fallait un petit-collet pour paraître décemment, je lui accordai la grâce qu'il me demandait, à condition que cet arrangement ne tirerait à aucune conséquence. Il me promit de mettre dans les services qu'il serait à portée de me rendre, le plus grand désintéressement. Il exigea seulement que je l'appelasse *mon cher abbé* « — Cela ne vous engage à rien du tout, madame, me disait-il, c'est une simple formalité, un mot d'usage, dont le sens restreint, annonce une amitié intime et fort honnête. Il y a sur ce point une étiquette reçue, et que voici. Pour un étranger, nous sommes *M. l'abbé*. Le mari nous appelle l'*abbé*; et une femme dit toujours *mon cher abbé :* voilà ce qui se pratique dans le monde. »

Je consentis donc à l'appeler, mon cher abbé ; et, content de ce titre, il fut quelque tems sans exiger de nouvelles faveurs. Il nous arriva souvent de passer ensemble des soirées entières tête-à-tête, sans autre amusement qu'une conversation égayée par mille propos agréables.

Un matin qu'il s'était rendu chez moi avant mon lever, selon sa coutume, je lui trouvai un air inquiet, embarrassé, qui m'obligea d'insister pour savoir quelle pouvait être la cause du chagrin qu'il s'efforçait en vain de me cacher. « — Eh bien, madame, s'écria-t-il enfin, puisque vous me pressez vous-même de me rendre coupable à vos yeux, sachez donc que je vous adore ; que depuis long-tems j'ai

eu

eu sur moi assez d'empire pour couvrir ma passion du voile de l'amitié ; mais qu'elle s'est accrue dans le silence, au point de ne pouvoir plus être déguisée ; et je meurs si je ne suis point heureux. — Quoi ! hier si tranquile, et aujourd'hui si agité ! une nuit a donc apporté bien du changement dans votre coeur ? — J'affectais de paraître indifférent, madame, quand je brûlais de tous les feux de l'amour. — Ecoutez, mon cher abbé, vous devez bien penser qu'à mon âge, une femme sait à quoi s'en tenir sur une déclaration ; l'occasion l'a fait naître, le plaisir en est l'objet, et le résultat est l'indifférence. Je ne veux jamais en venir à une rupture avec vous ; vous m'êtes trop cher pour m'exposer à vous perdre.

Que manque-t-il à notre amitié? Nous vivons heureux et tranquiles; tout changement peut nous être nuisible; l'amour pourra peut-être ajouter quelque charme à notre façon de vivre; mais il finira infailliblement par rompre les noeuds qu'il aura voulu trop resserrer. — Que vous connaisssez peu les effets de l'amour, belle de Vilfranc! Ah! sans doute qu'une passion qui est l'ouvrage du caprice, s'éteint lorsque le desir qui l'a fait naître se trouve satisfait; mais un amour qui ne doit rien à l'imagination, que le sentiment autorise, que la raison approuve, et que la beauté soutient, s'accroît encore par les faveurs, et ne finit qu'avec la vie. Adorable de Vilfranc (en se précipitant sur ma main), qu'une vaine crainte de votre part ne vous fasse pas réduire au désespoir le plus tendre amant et le plus sincère ami. »

Ses discours, ses soupirs passaient jusqu'à mon coeur ; son émotion était trop violente pour que mes sens n'en fussent point agités ; je partageai bientôt son trouble ; et il n'eut pas de peine à triompher de la faible résistance que je lui opposai.

Lorsqu'il fut certain de tout l'amour que j'avais pour lui, il me renouvella les assurances d'une fidélité qui ne devait se démentir jamais. « — Chère de Vilfranc, me dit-il, ne craignez rien de mon inconstance : est-il possible que l'indifférence naisse du sein de la félicité ? Non, comptez sur la durée des tendres sentimens que vous m'inspirez. Pour rendre notre bonheur éternel, il ne faut qu'adopter le genre de vie que voici. Nous passerons tout l'été à la campagne : les plaisirs qu'on y goûte sont purs et tranquiles. La société y est moins brillante, moins nombreuse, mais plus agréable et mieux choisie. Lorsque le froid commencera à se faire sentir, nous revolerons à Paris nous perdre dans le tourbillon de la bonne compagnie ; les amusemens bruyans auront plus de prix à nos yeux. D'ailleurs, la vie champêtre que nous aurons menée à la campagne, aura donné le tems à vos revenus de s'accumuler ; et vous serez plus en état de paraître l'hiver avec éclat. Enfin, laissez-moi faire ; je veux, par mes soins, faire naître les roses sous vos pas jusqu'à la vieillesse, sans que vous ayez éprouvé un quart-d'heure d'ennui. C'est un plan que je médite depuis quelque tems, et dont l'exécution est d'autant plus nécessaire, que vos dépenses ont besoin d'être diminuées, pour ne pas excéder vos revenus. »

Comme je n'avais jamais goûté les douceurs de la solitude champêtre, et que je tenais beaucoup à mon train ordinaire, je ne me rendis pas d'abord à ses vues ; mais il insista avec tant de force, et me peignit tous les jours la vie tranquile de la campagne sous des couleurs si séduisantes, que j'étais prête d'y consentir, sans une circonstance qui m'ouvrit les yeux et me désabusa sur son compte.

Un soir l'abbé laissa tomber dans ma chambre une lettre, que je n'aperçus que lorsqu'il fut retiré.

Je m'empressai de la lire, sans prévoir les mistères d'iniquité qu'elle allait me faire découvrir. La voici mot pour mot:

« Quel compte ne me dois-tu pas, chère Adélaïde, du sacrifice que je je te fais? Au-lieu de passer ma vie au près de toi, je me vois sans cesse aux genoux d'une femmme que je n'aime pas; je suis obligé de lui jurer que je l'adore; mais elle ne m'en croit pas à ma parole, il lui faut des preuves; sans ton image, beauté chérie, comment pourrais-je lui témoigner le moindre amour? Quand je l'embrasse, c'est ta belle bouche que mes lèvres pressent; c'est toi seule, Adélaïde, c'est toi seule que mon âme posséde. Pourquoi la fortune ennemie m'impose t elle la dure loi de prodiguer à une autre le doux nom de mon amante! Heureusement que cette contrainte n'a pas encore long tems à durer; je l'espère du moins; ma folle prend de jour en jour plus d'inclination pour moi. Encore un pas, et elle sera où je l'attends. Une fois à la campagne, je lui deviens plus nécessaire que jamais; moins de dissipation, plus d'ennui; et je prendrai sur elle un ascendant que rien ne sera capable de balancer. Toutes mes batteries sont dressées; j'ai déjà sa confiance et son amour; son bien sera bientôt à moi; j'aurai mille prétextes pour l'amener à une bonne donation. Avant deux mois l'exécution de ce projet ne sera plus à faire, et dans trois, au plus, je te prouverai, ma douce amie, tout ce que ton amant est capable d'entreprendre pour toi. Point de fausse délicatesse, divine Adélaïde ; si nous réussissons, les rieurs seront de notre côté. Le bien d'une folle ne peut être mieux employé qu'à rendre heureux deux amans qui s'adorent ; le public est convenu depuis quelque tems de ne condamner que les mal-adroits. Adieu ; apprête toi à me tenir compte bientôt, de tous les sacrifices que je te fais. »

Je relus cette lettre dix fois sans en croire mes yeux ; malheureusement l'écriture que je connaissais, ne me permettait aucunement de me méprendre sur celui qui en était l'auteur. Il ne me restait donc qu'à prendre mon parti sur la manière dont je devais le traiter. Lui faire éprouver le destin de Saintfort, n'était pas assez, selon moi ; les impertinences de ce dernier n'étaient que des espiégleries de petit-maître ; mais le projet de mon abbé, était une bassesse indigne. — « Malheureux abbé, m'écriai-je avec indignation, tu porteras la peine et la honte de ton artifice abominable, ou j'aurai bien peu de ruse et d'adresse ! »

Je donnai ordre à mes domestiques d'avoir chacun un bâton prêt, lorsque l'abbé viendrait chez moi, et d'entrer ainsi armés quand ils m'entendraient sonner. Que j'aurais eu moi-même de plaisir à me venger de son Adélaïde ! mais la lettre n'indiquait aucune adresse ;

d'ailleurs, je pensai qu'une créature qui se prêtait à des vues si basses, était sans doute une fille séduite, sans biens et sans naissance: après quelques réflexions, cette créature ne me parut mériter que mon mépris.

Son infâme amant ne tarda pas plus long tems que le lendemain matin à venir chez moi. J'étais au lit; et comme il faisait le passionné: « — Mon cher abbé, lui dis je, en déguisant mon ressentiment le mieux qu'il me fut possible, ménageons nos plaisirs pour les rendre plus durables, c'est une de vos maximes. — J'en conviens, chère de Vilfranc; mais vous êtes si belle, qu'il est impossible auprès de vous de réprimer le desir; laissez-moi jouir de ce désordre enchanteur, qui me présente le détail de mille beautés, dont chacune porte au fond de l'âme l'émotion et le plaisir. — C'est par cette raison que je vais me lever ; je sais me connaître ; je n'ai plus cette fraîcheur de la jeunesse, qui semble toujours nouvelle aux yeux d'un amant ; et des jouissances trop réitérées vous conduiraient bientôt à une indifférence que je redoute.—De l'indifférence, tendre amie ! non, non jamais ! ce mot est un blasphème que vous devez vous interdire : puis-je trop jouir de ce que j'adore ? S'il m'est arrivé quelquefois de parler autrement, c'est que mon amour n'avait pas encore acquis ce degré de sublimité où il est parvenu. — J'aime à vous croire, mon cher abbé ; mais je crains de passer dans votre esprit pour une de ces *femmes qui n'obéissent qu'à leur tempérament, et qui sacrifient la santé de leur amant à une passion excessive.* »

Soit qu'il ne fît pas à l'instant attention à ces derniers termes que j'empruntais presque mot à mot de sa lettre ; soit qu'il feignît de ne pas les entendre, il ne laissa échapper aucun signe de surprise, et me répondit : « — Non, belle de Vilfranc, les vôtres sont pour moi une source inépuisable de sensations délicieuses. Que l'amant qui pourrait s'en lasser serait peu digne de son bonheur ! — Oui ; mais songez que nous devons aller à la campagne ; ménagez votre amour pour cet heureux tems, parce qu'alors *l'ennui, le besoin, le défaut de ressource, tout enfin contribuera à me livrer à vous plus que jamais.* — Que dites vous donc, madame, s'écria-t-il d'un air troublé ? — Je dis, mon cher abbé, *que vous prendrez alors sur moi un ascendant que rien ne pourra balancer ; maître dès-à-présent de ma confiance et de mon coeur, vous pourrez en peu de tems le devenir de mon bien ; car on amène aisément une folle à une bonne donation : après cela vous renoncerez à feindre, parce que le public approuve les tours d'adresse.* » Ces derniers mots lui firent perdre contenance ; il fouilla dans sa poche, en m'adressant quelques mots vides de sens et mal articulés, et s'appercevant que la lettre lui manquait, il ne douta plus que je ne l'eusse prise : son embarras était extrême. Pendant ce tems je m'habillais. Quand je fus hors du lit, je lui rendis sa lettre de l'air le plus dédaigneux. « Homme méprisable, lui dis je, comment oses-tu soutenir les regards d'une femme dont tu méditais si bassement la perte ? T'es-tu flatté que ton procédé resterait sans punition ? — Belle de Vilfranc, me répondit-il en éclatant de rire, que ce mal-entendu a de charmes pour moi ! votre colère me prouve votre attachement ; mais il est juste que je vous désabuse. Vous avez sans doute trouvé cette lettre ? — Oui, malheureux ! je l'ai trouvée, et je m'en applaudis, quoique tes manoeuvres grossières ne m'eussent sûrement pas aveuglée au point d'être entièrement ta dupe. — Mais un moment. ..., vous cesserez de m'en vouloir quand vous saurez le motif qui m'a fait écrire cette lettre. — Va, malheureux, je te tiens quitte de toutes sortes d'explications; tu ne m'abuseras pas par de sots détours que je ne veux point entendre; tes excuses seraient aussi absurdes que la bassesse de ton coeur est avérée; et pour te prouver que j'en suis convaincue, je ne t'accorde ici que le choix du châtiment; il faut choisir tout-à-l'heure ou de sauter par ma fenêtre, ou d'expirer sous le bâton. »

Il essaya de se tirer de ce mauvais pas par des plaisanteries, et en même-tems de gagner ma porte; mais je sonnai mes domestiques, qui arrivèrent tous armés. « — Faites votre devoir, leur dis-je, ce misérable a trop long-tems déshonoré l'habit qu'il porte ; apprenez lui qu'on est puni tôt ou tard des vices auxquels on se livre, et que le crime est toujours suivi du châtiment. »

Le fourbe démasqué, voyant qu'ils se mettaient en devoir de m'obéir, ouvrit la fenêtre précipitamment, et aima mieux en mesurer la hauteur, que d'être bâtonné d'importance. Le hasard voulut que le jardinier eût mis la veille au bas de mon balcon, qui donnait sur le jardin, une grande cuve qu'il avait remplie d'eau pour arroser ; l'abbé pressé par la peur, n'eût pas le tems de prendre ses dimensions, il y tomba avec des hurlemens affreux ; mes domestiques coururent le rejoindre, et l'aidèrent à se baigner ; s'il voulait se relever, des coups de bâton le faisaient replonger aussi-tôt. Après m'être divertie pendant une heure d'un spectacle aussi comique, je lui dis que j'abandonnais son sort à la volonté de mes gens, et je quittai le balcon. Le pauvre diable essuya encore quelques bourasques, et enfin s'en tira pour dix louis qu'il donna à mes domestiques. Il sortit de chez moi dans l'état pitoyable où il se trouvait, et le peuple le suivit avec des huées qui le mortifièrent autant que le bain l'avait fait souffrir. Ce fut ainsi que je m'en défis ; et assurément la punition était modérée, en comparaison de l'indignité qu'il méditait.

Ce début, comme on voit, ne semblait pas me promettre un bonheur bien constant dans la carrière des plaisirs que je voulais parcourir de nouveau. Il semblait que par une fatalité inouie, tous les engagemens que je contractais dussent me conduire à des catastrophes désagréables. J'avais mille raisons pour renoncer enfin à la galanterie. Mais il était sans doute écrit dans le livre des destinées que je ne deviendrais sage, que lorsque le ridicule et la nécessité m'en auraient imposé la loi.

La trahison que j'avais si heureusement découverte dans mon perfide abbé, me donna une aversion décidée pour tous ceux qui portaient son uniforme, ordinairement celui du vice et de l'hypocrisie. Je sus me soustraire à l'usage, et je résolus de n'en plus recevoir aucun chez moi. Peu contente de cette réforme, je voulus encore essayer d'un nouveau genre de vie. Je ne me rappelais jamais sans regret, le tems où livrée toute entière aux transports de mon paisible amant (le premier qui usurpa les droits de M. Dervaux) je n'étais exposée ni à la fatuité, ni aux indiscrétions. Je pris donc le parti de renoncer aux hommes, jusqu'à ce que mon bon génie m'en eût fait trouver un de la trempe de celui-là. Je sentais bien la difficulté que j'aurais à y réussir. — Les jeunes gens, me disais-je, sont trop recherchés par les femmes ; ils se voient, pour ainsi dire, forcés de promener leur tendresse de tous côtés ; bourgeoises, marquises, dévotes, femmes galantes, prudes, coquettes, toutes sont à l'affût. Les hommes mûrs sont moins légers mais plus indiscrets, parce qu'ils ont la vanité de vouloir persuader qu'ils n'ont rien perdu des avantages de leur jeunesse. Les vieillards . . . je sais qu'ils se mêlent aussi d'être, ou du moins de contrefaire les passionnés ; mais quelle ressource ! c'est un pis-aller bien humiliant pour une femme, et assurément je n'en suis pas encore réduite à cette extrémité. Eh bien, attendons un miracle, ou renonçons aux plaisirs.

Un matin qu'en faisant ma toilette, j'étais ensevelie dans de sérieuses réflexions ; mon miroir inhumain eut la cruauté de me laisser apercevoir . . . . Hélas ! ce que les femmes craignent presque autant que la mort ; ce qu'elles ont si grand soin de cacher aux yeux de leurs amans, l'épouvantail des plaisirs, le terme de l'amour, l'enseigne de la sagesse, l'époque de la dévotion, une ride enfin : je fermai les yeux, brisai mon miroir, et pleurai de rage. Moi, ridée ! moi, vieille ! les hommes vont me fuir, les femmes me railler, l'ennui me gagner : que me restera-r-il ? Le regret de ne m'être pas accoutumée à me suffire à moi-même.

Mes larmes coulaient en abondance, lorsqu'un jeune homme entra en même-tems qu'on me l'annonçait ; c'était un clerc de chez mon notaire : sa figure était douce et prévenante ; sa taille dégagée ; son air honnête, mais un peu timide ou du moins très-respectueux. il me surprit dans l'attitude d'une femme accablée de douleur, et les yeux rouges et mouillés de quelques larmes. Il vit à mon air que sa présence m'embarrassait. — « Que je m'en veux, madame, me dit-il, d'être venu troubler une solitude dont vous me paraissez avoir besoin! » Le son de sa voix passa jusqu'à mon coeur; je le fis asseoir: il m'expliqua le sujet de sa visite, relative à quelques-unes de mes affaires. Lorsqu'il eut fini et qu'il se disposait à sortir, on m'apporta mon chocolat: je l'engageai à déjeûner avec moi; il y consentit et nous restâmes seuls. Je me sais bon gré à présent, madame, me dit-il, d'être venu en ce moment, puisque j'ai pu vous distraire pendant quelques minutes, d'un chagrin sans doute bien vif, puisqu'il vous coûtait des larmes. — Oui, monsieur, et d'autant plus vif qu'une femme craint d'en avouer la cause, et que d'ailleurs il est sans remède. — Sans remède, madame! j'ai peu d'expérience; à peine échappé de ma province, je peux n'avoir pas acquis les lumières nécessaires pour juger sainement et apprécier les différens événemens de la vie; mais je vous avouerai que je ne conçois que la mort d'un objet aimé qui puisse être un mal sans remède. — Et l'inconstance, monsieur? — Vous n'êtes pas dans le cas de la craindre, madame; j'ai encore assez bonne opinion des hommes, pour croire qu'il n'en serait pas un seul capable d'infidélité, s'il avait le bonheur de vous faire partager les sentimens qu'on est forcé d'avoir pour vous. — Vous êtes jeune, monsieur; il n'est pas étonnant que vous pensiez encore d'une manière aussi favorable sur votre sexe; mais le changement dont je me plains n'est pas ce que vous entendez : supposez un instant que j'aie voulu parler de celui que l'âge apporte à la figure. Croyez-vous que ce motif ne soit pas suffisant pour chagriner une femme? Les hommes, monsieur, ne chérissent que la beauté, et la beauté accompagnée de la jeunesse. — Eh bien, madame, vous n'êtes point encore dans le cas de regretter la perte d'aucun de ces deux avantages. — Quoi, monsieur, je ne suis point vieille? je ne suis pas ridée? — Eh! madame, vous me feriez presque desirer que vous fussiez tout ce que vous dites; avec

avec l'opinion que vous avez de nous, vous seriez sans doute moins difficile sur le mérite, et je me trouverais alors plus à portée de former des voeux. — Mon miroir ne m'a dit que trop vrai : je ne suis plus jeune, et malgré votre compliment, je suis convaincue qu'une femme dont le front n'est plus uni, doit renoncer à l'amour, sous peine de ne trouver que des inconstans. — Ah! madame, si un jeune homme qui ignore le langage de l'amour, et qui n'a d'autre mérite que celui de savoir apprécier vos charmes ; si un tel amant, dis-je, pouvait prétendre à vous plaire, j'en sais un qui vous prouverait qu'il est encors des coeure constans. — Vous êtes jeune, monsieur, je le répète ; l'illusion vous trompe ;

vous prenez une fantaisie pour de l'amour, et l'attrait du plaisir pour un penchant à la tendresse. Mais vous auriez dû craindre de me déplaire par l'aveu de vos sentimens. J'excuse votre hardiesse, parce que je sais qu'une déclaration d'amour n'est regardée parmi les hommes que comme une attention polie. — Fâchez-vous plutôt, madame, et croyez-moi sincère, je préférerai mille fois votre courroux à votre indifférence. — Eh bien, je consens de vous croire sincère; mais quand je serais assez folle pour me prêter à vos idées, la disproportion d'âge... —Eh! madame, croyez-en les yeux d'un homme plutôt qu'un miroir qui peut vous montrer les objets non tels qu'ils sont en effet, mais d'après votre prévention. — Je vois bien que nous serons long-tems d'un sentiment opposé : rompons là dessus Puisque le hasard m'a procuré l'avantage de votre connaissance, je remets mes intérêts entre vos mains, et j'ose vous prier de venir m'en rendre compte à vos heures perdues. »

Mon nouvel adorateur en prenant congé de moi, me baisa la main avec l'air le plus passionné, et me promit d'être exact à régler mes affaires, et à éprouver le bonheur de me faire sa cour.

Lorsqu'il fut sorti, je tombai dans une sorte de mélancolie douce, qui me fit passer des momens fort agréables. La figure, les traits, le son de voix de ce jeune homme, toute sa personne enfin, se présentait sans cesse à mon esprit .....

disons mieux, à mon coeur. — Serait il vrai, me disais-je, qu'un jeune homme puisse encore trouver de la vanité à faire ma conquête? Eh! pourquoi ne serais-je pas aimée? Quarante-quatre ans ne sont pas un âge décrépit; j'ai vu des femmes qui passaient cinquante, et qui avaient encore des prétentions. Pourquoi n'en croirais-je pas ce jeune homme? Ses yeux annoncent de la sincérité. Les hommes savent se déguiser, j'en conviens; mais celui-ci nouvellement arrivé de la province, n'a pas eu le tems encore de contracter les vices de la capitale; je crois qu'il m'aime sincèrement: il ne s'est point épuisé en protestations; le respect l'a rendu timide: c'est ordinairement la preuve d'une grande passion et d'un coeur honnête. Oui, je suis sûre qu'il m'aime ; et quoiqu'il en doive arriver, je ne serai pas fâchée qu'il me le dise.

C'est ainsi que mon coeur, vivement touché des charmes du jeune clerc de notaire, se plaisait à lui supposer les sentimens que je desirais qu'il eût.

Je m'attendais à le revoir bientôt. Plusieurs jours se passèrent cependant sans que je reçusse de ses nouvelles. Enfin il m'envoya cette lettre :

MADAME,

« En vous écrivant j'en sens toute l'inutilité Que me servira-t-il en effet de vous déclarer mon amour, lorsque je n'ai pas la moindre espérance de vous y voir sensible ? Tout parle contre moi, je le sais ; ma jeunesse, mon peu de mérite, le préjugé qui accuse ceux de mon âge de légéreté, tout enfin me prescrivait le silence : mais mon coeur a trouvé cette loi trop dure ; j'aime mieux que vous m'interdisiez vous-même toute espérance, que de me voir sans cesse tirannisé par mille idées différentes que l'amour fait naître et que la réflexion détruit. Mon coeur me dit qu'un tendre retour est dû à un sincère amant, et alors j'ose me flatter : mais la raison me représente que je vous offense, en supposant que vous jetterez les yeux sur moi ; alors toutes mes espérances s'évanouissent. Cette cruelle alternative me devient enfin insupportable : je prendrai la liberté de me présenter chez vous demain après-midi ; si mes sentimens vous paraissent criminels, faites-moi refuser votre porte. Madame, il y va du bonheur de ma vie de m'éclaircir promptement de mon sort.... Adieu, madame ; je ne veux pas relire ce billet, dans la crainte d'y trouver des motifs pour ne pas vous l'envoyer. »

Quelle joie cette lettre ne répandit-elle pas dans mon coeur ! Je n'étais donc point abusée par une erreur trop séduisante ; j'avais donc assez d'attraits pour faire le destin du jeune homme le plus aimable ! — Moi ! te refuser la porte ! non, mon ami, non ; tu viendras à mes genoux me dire que tu m'aimes, et lire dans mes yeux le bonheur que tu desires. Je voudrais être à demain... Pourquoi ne vient-il que l'après midi ! la matinée me paraîtra d'une longueur affreuse . . . Quelle heure est-il ?... Huit heures. Bon !... Je vais souper et me coucher ; le sommeil trompera mon ennui . . . le sommeil, ... Je crains bien de ne pas dormir, mes yeux seront rouges, je serai fatiguée . . . . Mon amant reviendra de son erreur . . . Il me trouvera laide . . . . Marthon . . . . — Madame ? — Qu'on me serve à souper . . . . Je veux me coucher de bonne heure. » On me servit.... Je mangeai peu, et je me couchai aussi-tôt, afin de goûter le plaisir voluptueux de songer *à lui*, avant que de me livrer au sommeil. Je ne dormis qu'en m'occupant de cet aimable jeune homme ; mille songes agréables me retracèrent la félicité qui m'était promise.

Je me réveillai remplie de ce trouble intéressant qu'on éprouve à l'approche du plaisir, et qui est souvent plus délicieux que la réalité même. Je sonnai ma femme-de-chambre. — « Marthon, je garderai le lit toute la journée; j'ai la migraine; renvoyez tous ceux qui se présenteront, à l'exception de mon notaire, ou de la personne qui viendra de sa part; ouvrez mes volets et fermez les rideaux; qu'il ne règne ici qu'un demi-jour, et coiffez-moi en négligé. »

Marthon exécuta mes ordres; et soit par l'effet du hasard, soit qu'elle lût dans mes yeux les causes de ma migraine prétendue, elle me fit une de ces coiffures, qui, à force d'art et de soins, ressemblent au désordre le plus séduisant. Cela ne m'empêcha pas de l'accuser d'une mal adresse ridicule ; et jamais je n'ai eu tant de peine à être contente de ma toilette.

Je dînai bien plutôt que je n'avais coutume, comme si mon empressement avait pu hâter la marche des heures.

Restée seule, je me livrai à mille réflexions. — « Femme imprudente, me disais-je, tu vas donc mettre ta confiance en un jeune homme! Encore si mon choix tombait sur un homme d'un certain âge, ce commerce d'amour et d'amitié tout ensemble, serait moins blamable et pourrait être susceptible d'un attachement solide. Mais un jeune homme ne s'amusera pas long-tems sans doute aux genoux d'une femme assez vieille pour être sa mère. . . Cependant ne pourrais-je pas le fixer ? Je l'aime ; l'amour a mille ressources que la simple coquetterie ne connait pas... Mettons les choses au pis ; il changera ; eh bien, c'est la dernière épreuve que je me permettrai : n'est-il pas juste qu'avant de renoncer aux plaisirs je fasse un dernier effort pour en prolonger la durée ?

En cet instant Marthon m'annonça un jeune homme de la part de mon notaire.—« Marthon, dites que je n'y suis pas . . . Attendez. . . . L'affaire peut être pressée . . . . faites entrer . . . Monsieur, je suis accablée par une migraine affreuse ; aurons nous affaire pour long tems ? — Madame, je suis désespéré de venir toujours à contre-tems, surtout aujourd'hui où j'ai à vous parler des affaires les plus intéressantes. — Allons, monsieur, il faut se résoudre à vous entendre : Marthon, laissez-nous, et que ma porte demeure fermée.

— « Enfin, madame, nous voilà seuls, et je puis vous faire l'aveu de tous mes sentimens ; oui, madame, je le puis ; une inspiration secrète m'assure, que l'excès de mon amour me vaudra de votre part quelques bontés. J'ai été bien téméraire, je l'avoue ; mais lorsque la violence du mal est devenue extrême, est-on blamable d'en chercher la guérison ? — Si je ne me trompe, monsieur, voilà un début assez cavalier. J'ai excusé votre lettre, parce que j'ai regardé les

les discours d'un jeune homme de votre âge comme l'essor d'un esprit bouillant, qui n'avait pas eu le loisir de la réflexion ; mais il me semble que le respect... Du respect, madame, l'amour, le véritable amour n'en admet pas d'un certain genre. Quoi! c'est à l'instant où je mets à vos pieds un coeur plein de votre image, que vous m'objectez le respect! Je le vois, madame, mon sort est décidé. Je me suis trop flatté, je me retire pour regretter à jamais une illusion trop enchanteresse... Adieu, madame... — Un instant, monsieur, que je vous fasse les justes reproches... — Non, madame, vous me mettez au désespoir; je vous quitte pour toujours. — Arrêtez.... Je vous aime... La douleur dont je vous vois saisi m'engage seule à vous découvrir mes sentimens. — Belle de Vilfranc, vous m'aimez! Je le savais ; je l'avais lu dans vos yeux ; mais cela ne me suffisait pas ; je voulais que votre bouche m'en fît l'aveu. Mon bonheur doit être aussi grand que mon amour ; puisque l'un ne peut s'accroître, c'est à vous à prononcer sur l'autre ; n'hésitez pas, Belle de Vilfranc ; entre deux amans, les peines et les plaisirs doivent être partagés. . . . . Votre coeur dit oui, j'en suis sûr, puisque vous m'aimez. — Monsieur . . . Oh ! que vous êtes changé ! la dernière fois si timide, et aujourd'hui d'une pétulance, d'une folie. . . . . Ah ! Dieu ! qu'un amant de dix-huit ans est entreprenant, quand il voit qu'il peut tout entreprendre sans danger! — Te fais-tu un jeu de me tyranniser, lui dis-je tendrement! Ah! jouis de ton triomphe!.... mais finis; je ne dois pas me prêter . . . Finissez donc, monsieur, il faut qu'une connaissance intime . . . »

Tout en disputant sur les convenances, je parvins à les oublier. Mais notre bonheur fut troublé par un évènement tout-à-fait bisarre, tandis que l'amour ne nous promettait que des instans heureux. Le cordon de ma sonnette s'étant trouvé arrêté sous mon oreiller, suivait tous les mouvemens que nous nous donnions, et appela, de la manière la plus bruyante, des témoins fort inutiles de la complaisance que j'avais. Marthon accourut au bruit, et me demanda ce que je desirais. — « Eh! rien, lui dis-je; je ne vous ai point appellée; retirez-vous et laissez-moi. » Elle se mit en devoir de sortir, en m'assurant qu'elle avait entendu sonner. Je lui défendis de rentrer, que lorsque je la sonnerais assez fort pour qu'elle ne pût pas douter que jeusse besoin d'elle. A peine cette fille se fut-elle retirée que mon jeune amant recommença à m'assurer de sa tendresse. Comme le même inconvénient dont nous ne nous étions point aperçu, subsistait toujours, la sonnette reprit son exercice, et nous trahit de plus belle: Marthon accourut de nouveau dans l'instant que je m'y attendais le moins. Je m'emportai contre elle, et menaçai de la chasser. Elle me jura que j'avais sonné très-fort ; et s'approchant de mon lit, elle me fit remarquer le cordon de la sonnette pris sous mon oreiller. Cette découverte plaisante pour tout le monde, excepté pour moi, fit beaucoup rire mon amant : Marthon ne put s'empêcher de l'imiter, et malgré ma colère et ma confusion je fus forcée d'en faire autant.

Marthon alla continuer ses ris hors de ma chambre ; mon amant prit congé de moi ; cet incident l'avait pétrifié et rendu froid comme la glace. Je restai seule, bien convaincue que cette aventure allait voler de bouche en bouche, et me faire essuyer pendant plusieurs jours les plaisanteries de tous les cercles. Je me levai dans le dessein de gagner la discrétion de Marthon par des promesses et quelques présens; mais en sortant doucement de ma chambre, j'aperçus dans une salle voisine le jeune apprentif-notaire, qui, me croyant toujours couchée, se rendait coupable avec mademoisille Marthon de la dernière infidélité.

Les circonstances m'obligeant de garder des mesures, je me contentai de congédier pour toujours mon volage, et de faire une forte remontrance à mademoiselle Marthon, qui me répondit ingénuement qu'une femme de chambre se trouvait toujours fort honorée d'avoir les restes de sa maîtresse.

C'est à cette aventure que j'ai l'obligation d'avoir enfin ouvert les yeux : malheureusement je suis revenue un peu tard de mes erreurs. Une femme ne devrait pas attendre quarante ans pour renoncer à l'amour et à la coquetterie : le mieux serait même de ne s'y jamais livrer. Une lecture réfléchie de ces mémoires prouvera la justesse de la morale qui les termine. Hélas ! je n'ai goûté qu'un bonheur imparfait ; mes chagrins ont duré bien plus long-tems que mes plaisirs ; et je n'ai guère trouvé que des volages, des indiscrets, des perfides : est-ce ma faute, ou celle des hommes ?

FIN.

www.ingramcontent.com/pod-product-compliance
Lightning Source LLC
LaVergne TN
LVHW020317230826
846091LV00003B/708

9782329246109